KB050367

너랑 하려고

시작시인선 0488 너랑 하려고

1판 1쇄 펴낸날 2023년 10월 20일
지은이 백우인
펴낸이 이재무
기획위원 김춘식, 유성호, 이형권, 임지연, 홍용희
책임편집 박예솔
편집디자인 민성돈, 김지웅, 정영아
펴낸곳 (주)천년의시작
등록번호 제301-2012-033호
등록일자 2006년 1월 10일
주소 (03132) 서울시 종로구 삼일대로32길 36 운현신화타워 502호
전화 02-723-8668
팩스 02-723-8630
블로그 blog.naver.com/poemsijak
이메일 poemsijak@hanmail.net

ⓒ백우인, 2023, printed in Seoul, Korea

ISBN 978-89-6021-738-6 04810
      978-89-6021-069-1 04810(세트)

값 11,000원

*이 책 내용의 전부 또는 일부를 재사용하려면 반드시 저작권자와 (주)천년의시작 양측
 의 동의를 받아야 합니다.
*잘못된 책은 바꾸어 드립니다.
*지은이와 협의하에 인지는 생략합니다.

너랑 하려고

백우인

천년의시작

명징한 의식으로 고동치는 피가 방울방울 뇌 속을 구를 때,
'나 무엇이라도 해야 하는데' 하는 불덩어리
마음에 말아 넣고 위반을 시작했다.
너랑 하려고.

차 례

시인의 말

제1부

제2부

제3부

제4부

해 설

제1부

허그

아직이야?
너무 꼬옥 안아서
자꾸 꼬옥 끌어안아서
이러다 터질지도 몰라
공기 탈수기 같아

그대로 있어
네 외로움을 짜내는 중이야
조금만 더 이대로 있어
네 슬픔의 바닥까지 말리는 중이야

조금만 기다려

맑은 태양을 낳는 중이야
무한히 너를 지켜 줄

잠수종 속으로

내 머릿속이 좁고 가는 수증기들의 강을 이루면,
폭설로 폭우로 기갈로 곧 쏟아질 당신
대기의 강이 된 나
어디로 가야 하나
두리번두리번
마땅한 이름
'Restroom'

아무도 듣지 않아야 할, 오직 네게만 들려야 할 수증기여서.
나는 잠수종을 찾아 달려가지
공기 채워진 에어포켓
네 눈은 깊은 물 속이어서,
그곳에서 아주 긴긴 은밀한 다정을 퍼내
마침내!

당신은 1

어느 날 문장의 첫말은 우빙雨氷이다
허여멀건 차가운 것이 살에서 떨어져 나와 세상에 닿는 순간,
사람이고 혹은 땅 위 사물들이고
죄다 더 차 흐르지 못하고 어는 비가 되는 첫말
등 시려 와 실오라기 걸친 한기도 들이지 않으려 단단히 문
풍지 바르는 문장
더 더 세게 몸을 끌어안아 몸속의 냉기를 다 빼내야 할 문장
입 안에 넣고 오래도록 뒹굴린 후 삼켜야
숨 막히게 부드럽고 달콤한 맛이 혀에서 터져 나오는 첫말
카메룬* 열기가 아니면 결코 시작될 수 없는 문장의 첫말
그날, 그 문장 첫말이 당신 첫인상

* 카메룬: 아프리카 중서부에 위치한 국가. 카메룬 블루마운틴 커피 산지.

타원궤도

밀물 앞자락이 몰려와요
바람이 시작된 곳에서는 비가 내릴 예정인가 봅니다
높다란 가지 끝에 아직 매달려 있던 홍시감은 미련 남겨 놓
고 떨어질 예정이고
저는 그대가 보고플 예정이고요 살짝이

찬 입김을 허공에 불어 놓고 얼굴을 그립니다
당신은 두 개의 눈이 중심인 타원궤도
나는 하염없이 중심을 바라보며 당신의 궤도를 돕니다 황
홀하게
어느 날 냉랭한 당신이 야속하여 하염없이 멀어져 가려고
도 하였지요
그러다가 새침한 당신이 라일락 얼굴빛으로 몽실몽실 웃
어 보이면
저절로 당겨져 버리곤 하였습니다 가장 가까이로 속절없이

당신의 눈은 참 신기합니다
불러도 대답이 없는 당신에게서 탈주할라치면
늪 같은 매력이 저를 회귀시켜요
바라보고 있으면 나도 모르는 사이에

타원궤도를 따라 심장이 뱅글뱅글 자전합니다
대책 없이 어지럽게

멀어지지도 못하고 가까워지지도 못하면서
시계추가 된 심장에서는 소리가 울립니다
쿵쾅쿵쾅 불온하게

태초에, 나는

떨림이었다
떨림이고
떨림일 것이다
펄떡거리다 터져 버린 어떤

혼돈이었다
혼돈이고
혼돈일 것이다
결정 불가능한 생명이어서

구름이었다
구름이고
구름일 것이다
모호한 경계를 가진 살갗인 채로

바다였을 것이다
바다이고
바다일 것이다
투신하고 싶도록 빠져드는

\>

눈이여야만 했다
눈이고
눈일 것이다
잠시도 밖으로 내어놓지 않을
너만 담을 눈

너랑 하려고 1

붙잡을 새도 없이 달려 나가는 마음,
시간의 시작부터 달려왔어
우윳빛으로 자욱하였을 때도, 나 달려가고 있었고
너무 멀어 네게 보이지 않았어도, 나 멈추지 않고 달려
가고 있었고
맑아진 날, 세상이 밝아 못 알아볼까 봐 미세한 소음으
로도 갔어
다정한 비밀 얘기 소곤거리는 거
너랑 하려고

찬란한 부서짐,
내 몸을 찢어야만 시간이 열리는 것이어서,
그래야만 너를 낳는 것이어서 우렁찬 신음은 황홀했어
산산이 부서지는 일이 너를 낳는 일이어서,
너를 낳는 일이 또 나를 살게 하는 일이어서,
죽어 가며 몸부림쳤어 너랑 살려고

내 숨인 너 낳아 놓고
눈 맞추며 도란거리는 거,
손잡고 걷는 거,

울고 웃는 거,
너랑 하려고

우린 서로가 서로를 붙잡아
서로를 서로 안에 말아 넣어야 하는 운명,
떠도는 먼지일 뿐이었어도
단단해져 가는 우리
세상 무엇도 끊을 수 없었지

어지럽게 돌던 행성 중에 생명 움트는 별 하나,
온 우주에 단 하나밖에 없는 네가 태어난 거야 그곳에서
달빛으로 먼지로 바람으로 얼마나 많은 시간을 기다리
고 기다렸는지,
네가 온 그날을 온몸으로 노래하려고 별들은 새로 왔어
대지 위의 꽃들은 온몸으로 하늘거리며 춤추려고 내려
온 별들이야

나는
140억 년의 거리,
100억 년의 거리,

1만 년의 거리,
천 년의 거리
어제만큼의 거리에서
3000K이 3K으로 식었대도
사방에서 네게 도달하는 우주배경복사로 있을 거야

너 혼자 두지 않으려고,
기척으로 있으려고
서로를 길들이는 거
너랑 하려고

달항아리와 나비

쌀가마니같이 불룩해진 사랑을 했다
인생의 한 시절 가장 낮은 곳 긴 터널 속에서
검은 색종이에 모아진 달빛으로 사랑이 왔다

수억 광년의 우주 어느 귀퉁이를 돌아
내게 오는 동안
별이었다가 먼지였다가 흙이었다가
항아리로 왔다

비 젖은 날개의 쉼터,
가득히 들어앉은 침묵의 속삭임은
나선은하 외딴섬이 보내온 기별
홀쭉한 배를 가진 나는 허기가 허기를 삼키는 입이어서
바람의 얼굴이 되곤 하였다

눈 내리던 날에

검은 바다가 된 하늘,
방파제 같은 휘장이 열리고
은하수가 폭풍 줄기로 쏟아지고 있을 무렵
달리는 자동차의 유리창 너머로
미래에서 오고 있는 시간의 눈빛과
누군가 마주쳤나 봐요
설렌 미풍의 숨결이 닿습니다

살짝살짝 빨라지며 부푸는 폐포마다
주렁주렁 포도알 영글어
그대 입가에 과즙 터지는 소리
세상은 온통 포도 맛이 납니다

언 물방울이 된 시간
페가수스 거친 갈기를 날리듯 오고
울울한 현재와 맞부딪칩니다
138억 년보다 더 오래된 공기들이
미래를 몰고 기별처럼 내게로 와요

인터스텔라 속 시간은

만조 때의 밀물로 나를 향해 범람하고
물고기 비늘 빛 달에서는 말이 걸어 나와요
이마에 얹어 줄 손을 하고서
초점 회복해 가는 퀭한 눈이
그대 윤곽의 집적을 만진 것 같기도 합니다
살아야겠습니다

어떻게 괜찮아요

우리
눈이 마주쳤는데
손이 스쳤는데
어떻게 괜찮아요

심장이 길길이 뛰지 않는데
설레지 않는데
아무렇지 않은데
어떻게 괜찮아요

마주 앉아
아무 말 없이 밥 먹는 사이
노을 지는데
그런데도?

우리 괜찮지 마요

노을의 시간

서쪽 하늘,
아직 식지 않은 미련,
서늘히 붉은 노을로 지어진 집이 있다

정녕, 가려나
가야겠지
언제 오려는가
기약 없겠지

동쪽 하늘,
미처 깨어나지 않은 몽상,
열에 달뜬 붉은 노을로 지어진 집이 있다

문득, 오려나
오겠지
벌써 가려는가
언약 주겠지

어디 있어?

먹물 번지는 한지입니다 하늘은
대륙과 해양이 만나 포개진 곳에서 피어오르는 안개같
이 자욱해져요
하염없는 바다의 표면을 빗질하던 바람이 머물던 곳
그대는 알 듯 모를 듯한 흘림체로 오십니다

산과 바람이 넘나들던 바다 위로 물 주름이 길을 내면
그곳에 마음 고랑 가지런히 돋우어 편지를 씁니다.
연필심이 긁고 가는 소리가 들리는지요
이곳에는 소나기가 아무 때나 와서 비를 맞기 좋은 계절
이라고,
나리꽃 얼굴로 나는 잘 지내고 있다고,
당신도 잘 지내? 라고 간신히 썼는데
이도 저도 소용없는 마음은 당신에게로 곧장 날아가는
화살입니다

어디 있어?

그대가 보고 싶다는 말, 그립다는 말, 사랑해라는 말,
의초로이 얘기하고 싶다는 말,

초밥 위에 올려진 날치알들의 톡톡거리는 소리에 간질거
려 하고 싶다는 말
이 많은 말 삼켜지고
숟가락 끝에서 바르르 떠는 순두부 몸을 한 말
솎아 놓은 여린 상춧잎 얼굴을 한 말
어디 있어? 라고 묻습니다

달이 지구 둘레를 한 바퀴를 돌고 난 후,
해가 뜰 때까지 기다려야 보이는
까마득히 먼 당신
안개 마음이라 자욱하게 번지는 한지입니다 나는

분실물

당신의 손을 못 본 지 여러 날 되었다

당신 손을 잡지 못한 지가
손과 손이 맞닿지 못한 지가
빈손이었어도 꽉 찼던

내 가슴 왼쪽 주먹만 한 세계
양철 지붕 위로 빗방울 떨어지는 소리
흔적 감춘 지 오래되었다

홑겹

손 내밀려다 거두어들이는 때 있다 그냥
색 없이
닿으면 사라져 버릴 것인 때
그렇게라도 있으라고 무연히
과거로만

닿지 못한 채 거두어들이다 보면
걷어지는 것은 마음이라
어느 날의 너는 홑겹이다

제2부

나비의 어떤 위반

뒤늦게 오는 사람이 되지 않았으면 좋겠다 나는
소낙비 쏟아지는 거리에서 다 젖은 후에
수건을 내미는 손이 아니라
홀로 외로움을 견디고 난 후에
안아 주는 가슴이 아니라
지금 네 앞에
마침 그때에 오는 사람이었으면 좋겠다

되돌아갈 수 있는 사람이면 좋겠다 내가
울고 있는 네 앞에서
등을 토닥이며
슬픔을 닦아 주지 않고
울게 할 그 시간 앞으로 달려가
오지 못하도록 막아서고 싶다

너 홀로 슬픔에 놓아 둘 수가 없어서
내가 줄어들어 간다 해도
네가 알아볼 수 없는 얼굴이 된다 해도
웃음 짓는 네 앞에서 안도하고 싶다
희미해진 채로 나는

지리산의 마음

괜찮아 나는
너여서, 너 때문에라도
보고 싶어 더듬거리는 네 손 가만히 잡아다가
내 얼굴 만져지게 해야 하는데,

너 가던 걸음 멈추고 뒤돌아볼 때,
안심하고 가던 길만 마음 두도록
나 손 흔들어 주어야 하는데,

외로워 달같이 창백해진 네가 파고들도록
내 품 내어 주어야 하는데,

서러워진 채로 네 어깨 들썩거릴 때,
어미같이 등 보듬고 쓰다듬어 주어야 하는데,

나 없이 너 고아처럼 둘 수 없어서
나 네 곁에
무엇이고 남김없이 퍼 주는 나무로 있어야 하는데,
나 네게 가끔 소식 전하려
울긋불긋 손짓해야 하는데,

나 네게 하염없이 푸른 능선으로
강물같이 흘러야 하는데,

괜찮아 나는,
너여서, 너 때문이어서

아주 먼 옛날, 우리는

어둠인 무無였을 것이다
빛인 충일이었을 것이다
차갑고 뜨거움, 언 불의 혼돈
팽이가 도는 현기증 속 어떤 시작

하나였을 것이다
등과 등이 맞닿은 채,
손과 발이 네 개여서 옆으로 걷고 동그랗게 굴러가던 너
와 나, 우리
제우스가 시샘하지만 않았어도
네 등의 온기를 놓치지 않았을 것을
등이 시려운 우리
나일강의 여신이 입김을 불지만 않았어도
네 얼굴을 잃어버리지 않았을 것을[*]
꿰맨 배꼽만이 서로의 흔적
너인 줄, 나인 줄
모래알 같은 얼굴 속에
사선으로 비껴간 인연들
희붐한 새벽빛 맞는 벌게진 눈
이토록 애닯아 온밤을 세웠는지도 모른다

내가 쥐고 있는 것은
등으로 전해 오던 네 심장 소리
우린 서로 심장이 닮아 있어서
심장 소리를 듣고 싶어 했을 것이다
우리들의 부절이 된 심장
그리하여 우리는, 태초에
나는 너였을 것이다
마지막이었을 것이다
시작이면서 끝이었을 것이다
앞의 얼굴이면서 등의 얼굴이었을 것이다

걸음이 된 호흡, 그 속에 심장 소리 들릴까 봐
바짝 다가서곤 하는 우리
우린 쉼 없이 날갯짓하며 시간 속으로 들어온 앙겔로스

* 플라톤의 『향연』에 나오는 '사랑의 기원'.

천 개의 그리움으로 부는

그대가 보고 싶은 밤으로 바람의 옷깃이 날립니다
본다는 것, 그것은 보이는 것들의 영역으로 들어가는 것
그대의 영역으로 마음 급한 바람이 먼저 가려나 봅니다
이 밤 나는 바람에 스미어 그대에게 거주합니다

총총한 별들이 달리는 밤하늘
높다란 나뭇가지 사이에서 새벽을 기다리는 달이 그대의
얼굴을 불러다 줍니다
그대 계신 곳, 그대를 둘러싼 모든 사물은 곳곳에서 거
울이 되었나 봐요
앞에서 옆에서 뒤에서 거울처럼 비추어 그대 모습을 전
해 와요
이제 나는 피카소의 그림 속 아비뇽의 처녀들처럼
내가 서 있는 곳에서 그대의 전체 모습을 그릴 수도 있
겠습니다

나는 바람, 나는 난반사하는 빛
사방에서 일시에 그대를 바라봅니다 무한히
나는 그대를 그렇게 봐요 빠짐없이
만약 그대를 비추는 천 개의 빛이 있다면

아마 천 개만큼의 그대 모습을 보는 것이겠지요
그리하여 시시로 천 개의 그리움을 갖게 될 것이고요
이 밤, 그대는 천 개의 그리움이겠습니다

관능적인, 너무나 관능적인

어둡고 축축하고 소란한 밤
　나뭇잎들은 제 몸을 뒤집어 대느라 비틀었고
　　나무의 혈관은 피의 출렁임으로 붐볐다

태풍의 계절이 시작되려는가?
　하얗게 물결치며 율동하는 세상은
　　황홀이 범람하는 바다
　　　포만의 정점, 진저리 치는 심장

씨앗은
　쉼 없이 각인된
　　어떤 목소리를 향해 역류하는 연어
　　　꼬리지느러미로 목소리를 더듬는 인어

　몸 안 순환하는 혈액,
　　아침을 맞고 밤을 데려오는 태양
　　　멈추게 할 수 없었다

>
안절부절
　움찔거리는 겨울 능선 근육들
　　나는 이 목소리에 복종할 수밖에 없다
　　　쌀그락
　　　　쌀그락
　　　　쌀그락

야릇한 억양의 길목
　쌀알 쏟아져 내리는 소리
　　어둠의 문이 열리고
　　　새로운 어둠이 빛 속에서 또다시 열린다

"움의 시간이다"

불면과 호명

○ ○ ○!
호명하고 싶을 때가 있다
알전구에 불이 탁 켜지도록
돌아오는 대답이 없는 여백
알래스카의 백야에서 나는 일리야Il y a*를 경험한다
불면의 밤, 백색소음조차 잠에 들어간 시간
홀로 듣는 정적의 자리
그곳에는 익명의 존재자를 기다리는 존재의 숨소리가 있다

응?
되돌아오는 대답 소리,
열권에서 내려온 페리도트 빛깔 오로라
세상 하나가 가득 밝아 오고,
너의 대답은 주문 같아서
존재자들이 곳곳에서 웅크린 얼굴을 펼친다

너구나!
거기 있군!

대답 후에 이어질 내용이란

여전히 못생긴 채로 잘 있는지, 연약한 부위의 안부를 흔
적 없이 물으며

두고 온 화산을 더듬는 어린 왕자 얼굴이 되는 것이다 잠시

딱!

알전구의 불을 끄면

너라는 세상은 다시 블랙박스의 저기 먼 바닥 어디쯤에 꼼
지락거리다

엉덩이를 긁적이며 잠들어 가겠지

간혹 귀의 메아리를 움켜쥔 채로

너를 돌려보낸 후,

존재자들이 사라진 불면의 밤

다시금 찾아와 너울거리는 일리야il y a의 춤사위

* 일리야il y a: 레비나스의 개념으로 단순히 '있다', '그저 있음'을 의미한다.

눈의 온도

네 눈을 읽는 오후
마음이 들춰지는 자리
눈 감고 있을 때조차도 보이는 거울

눈은
숨기고 싶고 드러내고 싶은
은밀한 내면의 욕구, 욕망의 무의식,
뜨거움과 차가움 사이 말해 주는 존재의 온도

지리산에서

안개 입 속으로 걸어 들어가고 싶네
시작만 있는 그 길로 나 들어서고 싶네
너는 알 수 없는 심연

만 겹의 연안 노 젓는 소리
스미다가 사라지고 싶네

지상의 모든 소리 그러모은
침묵의 대양

나는 언제나 '너' 이후에 온다

'나'의 시작은 언제나 당신 이후다

아이가 세상에 막 태어나 두 손 꼬옥 움켜쥔 채 터트리
는 울음은
　무심하고 지루한 공기들이 깜짝 놀라도록,
　게으르게 졸고 있는 공기들이 휘둥그레지도록,
　부산하고 소란스러운 공기들까지 온통 집중하도록 불어
대는 나팔 소리
　하늘과 땅에게 자신의 출생을 알리는 소식

　그리하여 사방을 진동시키는 쩌렁쩌렁한 울음소리 듣고
　세상이 저마다의 목소리로
　"너구나"라는 호명
　"네가 태어났구나"라는 인정은 출생 증명

　애초에 '나'는
　나를 호명하고 인정해 줄 '너'에 의해서만 현존하지
　그러니 너는 언제나 나보다 앞선 존재
　나를 넘어선 존재, 내 시작이 맡겨진 존재
　이러한 관계의 건축학에서
　너는 나의 경계 끝에 잇닿아 있다

고백

　내 감각에 들어오는 너는 원근법으로 담기지 않는다 너
는 평면으로 담기되, 1/360도를 돌아 360가지의 포즈로 담
긴다 1/360의 이미지의 연쇄가 짜이고 또 다른 이미지의 연
쇄로 짜여서 확정 불가능의 대상이다 그리하여 어느 한 순
간이라도 놓치면 너를 이루는 조각 하나를 영영 잃어버리는
것이어서, 불안과 긴장과 기대와 새로움의 기분에 사로잡
혀 너를 본다 내게 너는 매초 '어떤 처음'이다

메멘토 모리

편지를 쓸 거야
너 없는 시간에 대해
내 사랑의 방식은 기억이라서
쓰는 일이 기억하는 일이라서
과거의 첨단 너의 시작이 있던 그 순간부터
너의 끝이 있을 미래의 첨단까지

너 돌아간 후로
아무렇지 않다고 이곳은 지금
네가 자꾸 돌아가도
너에 관해 묻지 않는다고
그러고는 눈짓만 한다고
없는 듯이
없었던 듯이
없을 듯이
그렇게
모른 척하기로 했나 봐 너를

잊어 가고 있는지도 모르겠어
도처에 너는 있는데

방금 전에도 있었는데
곧 있을 텐데
너를 잊으면 잊을수록
사방에서 네가 있을 텐데
아마도 세상은 너를 지나가는 소문인 줄 아나 봐

편지를 쓸 거야
너 없는 시간에 대해
쓰는 일이 기억하는 일이라서
네가 없어져 버렸으면 하면서 너를 붙잡아
내 사랑의 방식이어서

그마저가 아니어도

새를 봤다 공중에서
잎눈 흔드는 숨소리에서 바다 내음이 난다
이제 막 솟아오른 물방울 하나가 새의 깃털에 실려 간다

우리 안의 열정은 바다를 이루는 물방울 같은 것이어서
정수리를 내리쬐는 복사열이 아니어도,
뒤꿈치 들어 올리는 무역풍이 아니어도,
내밀히 꿈틀거리다 범람하는 마그마가 아니어도,
그마저가 아니어도,
스스로를 탕진해 가며 솟아오른다 공중으로

그렇게 상궤를 벗어나 모험을 떠난다
모험하는 물방울은 혼자여도 외롭지 않다

비망록

4월은
눈물 자루 깊숙하게 넣어 둔 슬픔이
꾹꾹 눌러도 용수철마냥 튀어 오르는 시간이다
가만히 톡 건드리기만 해도
움츠러드는 예민한 파리지옥처럼

우리의 우주는 잊지 말아야 할 기억으로 팽창되고
미처 보내지 못한 대답으로 부피가 늘어나
최댓값의 우주 팽창률을 갖는 슬픈 우주다

제3부

어쩌자고 너는 내게 오는가

어쩌자고 너는
아랫목 같은 눈을 하고서
다정히 손 내밀어
바람이 뒤돌아보게 하는가
흐르는 강물 멈춰 세우는가

어쩌자고
기우뚱하는 지구 흔드는가
추운 세상이 따숩다고 말하는 것인가

어쩌자고 너는
풀무질하는 입김으로
검게 자울거리는 불씨 빠알갛게 깨우는가
내 심장에 푯대로 우뚝 서 있는가

어쩌자고
명랑한 몰락 부르는가
내가 오직 너라고 말하는 것인가

희망아
어쩌자고

서가書架에서

달리고 싶어지는 날이 있지
빨간 풍선 하나 하늘에서 둥둥거리며 있을 때,
기러기 떼 열을 지어 하늘빛 바다 날고 있을 때,
풀을 뜯는 어미 소의 등 위에서
명랑한 빗방울 미끄럼 탈 때,
바람 불어 살짝 밀어 주려고

달리고 싶어지는 날이 있지
북돋은 땅에서 숨소리 밀고 올 때,
단풍나무 이파리 접은 부챗살을 펼칠 때,
웃고 있는 네 눈 온통 윤슬 되었을 때,
열린 문틈 마음이 먼저 달려 나가
나는 가만할* 수 없어

마구 달리고 싶어지는 날이 있지
물안개 너울 속으로 해가 숨겨질 때,
조그맣게 매달린 딸기 한 알,
너 주려고 남겨 놓았다는 다정한 말의 등을 타고 마구 달
려 나가고 싶지
오밀조밀 침 도는 말들 네 입에서 꿀송이로 나와

나는 그만 네 입술에 입을 포개야 할 것만 같아

꽃 잔디 얼굴로

지루해하던 참새들

영문 모르고 덩달아 꼬리연 되는 날이야

* 가만하다: 1) (흔히 '-고 있다' 구성으로 쓰여) 움직이지 않거나 아무
  말도 하지 아니한 상태에 있다. 2) (흔히 '-고 있다' 구성으로 쓰여) 어
  떤 대책을 세우거나 손을 쓰지 아니하고 그대로 있다.

태양 속으로 간 애벌레

낭창낭창 휘어진 가지 끝에 매달린 빨간 사과
동백꽃 얼굴로 사심 없이 툭 떨어지네
덤불 속 애벌레 심장으로
그의 눈 속에 온통 붉은 태양이 뜨네

욕망은 파고들고 싶어지는 법

태양 속으로 은밀히 파고들어
그 살 정성스레 파먹고 싶네
네가 살찌운 너의 생 고요히 듣고 싶네
네가 보아 온 것들 조곤히 그리고 싶네
너를 깨운 새소리에 눈 부비고 깨어나고 싶네
네가 맞은 그 빗속에서 함께 젖고 싶네
너 홀로 만난 냉기 서린 세상, 그곳에 너와 나란히 있
고 싶네

첫사랑 내게 온 날도 그랬다네

바늘 비 내리는

비의 몸 비추는 가로등은 잉어의 눈
그곳에는 바늘 비가 쏟아지고 있었다
저마다 국지성 소나기 구간
슬픔이 비어져 나오는 기억에서만 내리는 바늘 비

새가 떨군 씨앗 하나 품은 척박한 땅
몸속에 새겨진 혹독한 씨앗의 시간이 껍질을 벗는다 묵묵히
흔들리면서 휘청이면서

나 일어서야겠다
손가락 오므려 꽉 쥐고

빈손인 날의 아카시아꽃

계란프라이 얹은 도시락 없어 빈손인 아이
오월 한낮에도 시린 등을 움츠렸고,
수돗가 물줄기를 하얀 밥처럼 오물거렸습니다

에테르 없는 우주만큼이나 울퉁불퉁거리는 마음,
무연한 눈 하현달 얼굴
비밀의 숲으로 간 아이는
빛줄기 붙잡고 올라가
흰 구름 실컷 뜯는 잠자리가 되고 싶기도 하였습니다

어디서 온 것인지 바람에 실려 방글거리는 아카시아 향기
하얗게 매달린 꽃송이들 무심히 다정하여
흰쌀밥 주렁주렁 손짓하는
천상을 떠올리는 것이었습니다

빈손 그득그득 고이는 꿀
펴진 등으로 배부름이 흘렀습니다

티라미수 처방전

pick me up
"나를 위로 끌어 올려"
티라레 미 수 'Tirare mi su' 티라미수
쪼그라든 영혼을 위한 디저트

pick me up
메마른 눈 물기 도는 카카오는 뇌 맛
부드럽다 못해 위태한 촉촉함은 눈 맛
차갑게 유혹적인 크림색 육즙은 혀 맛

첫 숟가락 오물오물 , "그러라지~"
두 숟가락 스르륵 "그러라고 그래!"
좀 더 차갑고 명료해진 이성
pick me up pick me up

세 숟가락 꿀꺽, "난 나지!"
네 숟가락 쓱쓱, "잘했어!"
똘망한 눈빛과 부푼 영혼
티라레 미 수 'Tirare mi su' 티라미수
티라미수는 '나를 일으켜 세운다'는 이름

달리고 있는 소년에게

발그레한 소년이 달린다
햇살로 꽉 여문 눈망울에서 나는 달콤한 향기
송글송글 이마에 맺힌 숨소리
덥석덥석 거칠 것 없이 내딛는 골목대장 포스
소년은 걸음보다 늘 마음이 먼저 어떤 곳에 닿아 있어 꿈을
꾸듯 들떠 있다
달리는 사이 어른이 되어 버렸지만,
뉴턴의 시간에서는 언제든 소년을 만날 수 있다

그 소년을 향해 이런 바람을 품는다
세상을 배우지 않았으면, 아니 세상을 몰랐으면,
어른이 느끼는 이치와 나름의 처세술 갖지 않으면 좋겠다
셈법이 어리숙하지만, 순수한 열정으로 심장 뛰고,
작은 풀꽃 들여다보느라 쪼그려 앉은 골똘한 그 눈으로,
슬픈 이들과 함께 엉엉 울면 좋겠다

나는 또 이런 바람을 품는다
서툴러 투박하여도 그래서 더 빛나는 사랑의 표현 할 줄 아는,
어른들의 감정 녹아든 노래 삐뚤빼뚤 따라 부르는,
현실의 시공간으로 뚜벅뚜벅 들어오는 소년을 막아설 수는

없지만,
　동시 같은 시를 또박또박 쓰면 좋겠다

　꼬불거리는 머리카락 귓가 간지럽혀 소름 돋던 소년,
　처음 입맞춤하면서 지구의 자전과 공전 동시에 경험하
던 날의 소년,
　심장 소리 너무 크게 들려 얼굴 빨개지던 소년,
　그 소년의 모습으로 언제까지나 있으면 좋겠다

　기우뚱 찌우뚱 일어서는 팽이로
　횡단하는 삶 철없이 살면 좋겠다
　징그러울 정도로 매끄럽고 능숙한 어른은 슬프니까

흙을 긁는

흙을 만지고 싶습니다
비밀 같은 현재는 늘 검은 껍질 아래에 쌓여요
옛날이 되어 버린 것들과 옛날로 들어서려는 것들 사이

신호등이 열리기를 기다리고 있는 이편과 저편의 우리
건널목을 바로 건너지 말기로 해요
당신이 오고 내가 가는 횡단 길에서 만나
잠시, 잠시만, 지금으로 있은 후에, 지금을 확인한 후에,
그런 다음 뜨거워진 심장으로 건너기로 해요
기울지 않게 사랑을 잘 추스린 다음에요

흙을 긁고 싶습니다 느리고 느리게 조심히
차고 검게 굳어 있어 주춤거리는 손
가릴 것 많은 사연을 품고
어쩔 수 없이 닳아 버려서
흙은 섶을 함부로 열어 보이지 않을 테지만
비밀이 없는 것들의 시간성은 시시합니다

흙의 시간에 골을 타는 미풍, 그대가 불거져 나와요
처음 세상에 얼굴을 내민 꽃잎보다 여린 연둣빛 용기,

할퀸 자국 안고 진한 초록 울음 삼킨 잎,
노랗게 물들어 갈잎의 계절 어디쯤에서 보인 미소
흙에 누울 낙엽이 되어도 우리 잊지는 마요
그 시절들 돌고 돌아 만나는 것은
연둣빛 순하게 강한 순정이라는 것을요
붉고 여린 속살이라는 것을요

당신을 긁고 싶습니다

외출 중에

책들이 왔다
쌀밥 같은 글 밥을 담은
나는 외출 중이었다

해에게 갔다
지평선으로 내려앉을
해는 외출 중이었다
해 없는 빈 하늘
제 무게를 늘려 가느라 검어져 가고
떠받치고 있었다
도시의 빛들이
조금 더 그곳에 머물라고
아직 오지 않은 별빛이 있으니
아직 물들지 못한 구름 조각이 있으니

종이꽃들이 피어 있다
빗질 소리 나는
초록을 벗은 가지들에
찬바람이 키우는 꽃들
엽록소는 외출 중이었다

부재중 전화
네 마음이 나섰다
내게
나는 네게 외출 중이었다

오래전, 너는

바람이었을 것이다
바람이고
바람일 것이다
발 없는 마음이어서

산이었을 것이다
산이고
산이 되어 가는 중일 것이다
주소같이 그 자리에 솟아 있어야 해서

바위였던 것 같다
바위이고
바위일 것이다
내리는 소나기와 쌓이는 눈이
나인 줄 알고 머물게 하느라

아마도
책이었을지도 모른다
책이고
책일 것이다

초식동물이 풀을 뜯어 먹듯이
어쩌다 세상이 환해지는 문장 찾아
하염없이 네 속을 어슬렁거리게 되고 마는
배부르게 몽롱해져 버린 마음으로 데굴데굴거리다
밑줄을 긋고야 마는

어쩌면
새였던 것 같다
새이고
새일 것이다
꺼내 놓은 심장 같아
나를 보듯 바라보아야 하는
너는

고등어와 기차역

밥상 마주하고 앉으면
내 숟가락 위로 마음 나르느라 분주한 젓가락
못생긴 얼굴에 이따금 유독 상큼한 표정

구운 고등어 등 갈라 살 한 점 밥 위에 놓아 두고
젓가락 돌아가는 사이
싱그러운 살냄새 기차역으로 달려간다
쇳가루 쌀그락거리는 소리 낮게 깔리고
상쾌하게 비릿한 녹 냄새 나는 곳

바람 부는 날이나 비가 오는 날에는 기차역에 가고 싶다
그곳에 가서 누군가를 마중 나가 있다가
세상에서 가장 기쁜 얼굴로 맞아 주고 싶다
아침 햇살 받은 물결이 반짝이는 모습처럼
그렇게 온통 환한 웃음꽃 안겨 주고 싶다
누군가를 배웅해야 한다면 그곳은 기차역이었으면 좋겠다
기차가 레일을 진동시키며 플랫폼으로 들어와도 못 본 척
하고
재미난 수다로 눈시울 웃게 하다가
되도록이면 가장 늦게 태워 보내고 싶다

>
고등어 한 점 오물오물
생生의 가장 호화로운 웃음 냄새를 먹는다

비어 있는 통화

갈매기 끼룩끼룩 해 질 녘 할 말 있어서가 아니라
괜히 목소리 듣고 싶을 때 있죠
신호음 기다리면 왜 이렇게 심장 쿵쿵거리는지 모르겠
습니다

는개 비 희뿌연 날 꼭 목소리 듣고 싶어서라기 보다
당신 표정 떠올라 무작정 전화한 적 있죠
제발 받지 말기를 바라는 마음으로 세어 보는 신호음

저녁 해 수평선에 반 걸쳐 있는 날
없는 줄 알면서
아직 잊히지 않는 이름 눌러 전화 겁니다
세상을 금방이라도 덮을 가장 큰 얼굴 당신

미루어 둔 안부가 이제야 와요
미루어 둔 고백이
미루어 둔 손이
미루어 둔 산책이
미루어 둔 식사가
미루어 둔 얼굴이

미루어 둔 그 목소리 이제야 한꺼번에 와요
눈시울 깜빡이는 동안

제4부

단풍잎 떨어지던 날

툭
떨어져 나간다
한 치의 미련 없이

너, 낡은 욕망아
너, 헌 사랑아
뉘게서
새로 피어날 참이냐
붉은 백치미로

엔트로피

처음 당신 손 스친 날
불에 덴 것 같았지

당신 손 말고 보이는 것 없던 세상
정신 죄다 팔려 있었던 게지

사건의 징후였을 거야
어디를 가도 먼저 와 알은체하는 당신 미적분들

가까워지는 일은 멀어지는 일의 시작
차면 기우는 것
뜨거운 것은 식지

애를 태우던 궤적 지워지고
어디에도 없는 얼굴

오랜 진리지

어떤 나비효과(butterfly effect)

　대체 저 늙어 버린 해는 누구의 심장이지? 빨간 주홍색 저녁 해가 진다 눈을 깜빡거리는 속도와 해가 내려앉는 속도가 서로 공명한다 한 번, 또 한 번 눈을 깜빡거릴 때마다 그 시간만큼 해가 바다에 잠겨 간다 어쩌면 해의 움직임이 나비효과가 되어 우리들의 속눈썹이 깜빡거리게 되는 것은 아닐까? 해가 움직이는 속도에 맞춰 우리의 심장도 뛰는 것이 아닐까? 해가 한 바퀴 돌아 제자리에 돌아오는 것을 따라 우리 몸의 혈액들도 온몸을 돌아 제자리로 돌아오는 것은 아닐까? 해를 따라 사라진 기억도 되살아 나오는 것은 아닐까? 해가 사라진 곳, 우린 무한한 무無의 둘레를 족적도 없이 떠돌아다니게 되는 것은 아닐까? 하현에서 삭으로 기울어 가는 달의 윤곽이 울퉁불퉁해서 우리들의 기분이 덜커덩거린 것은 아닐까? 먼 곳의 그리움이 불어와 꽃들이 피어나는 것은 아닐까? 네가 아파서 온 땅이 흔들리는 것이 아닐까?

당신은 2

어느 날은 끝말이 마땅치 않다

안고 있던 강아지를 어디에 놓아야 하나 두리번거리다 앞발 조심스레 바닥에 내려놓은 후 뒷발 마저 내려놓아야 하는데, 막상 놓아지지 않아 몸을 안고 엉거주춤하는 말 하려던 말과 하고 있는 말이 맞지 않고, 들춰내고 숨기느라 갈팡대는 마음이라 끝이 맺어지질 않는 말 저만치에서 백 가지 천 가지 확률 폭풍으로만 서 있는 말 시원스레 내려놓고 손 털어야 하는데, 도저히 마땅한 말이 오지 않아 이별하지 못하는 날려 보내지 못하는 놓아야 하는 빨간 풍선인 말 당신은 그날 그 끝말

북한산

사연으로 뼈같이 지어진 산
바람의 시간을 사는 너여서
사계절 닮은 노래를 적겠지

인생의 질감이 궁금해지는 날에는
스치는 햇살에도 긁히곤 하였다는 바위와
네게 가는 길이 에움길이라 늦게 당도하였다는
숲길의 이야기를 적은 후에
머언 먼 메아리 같은 종이비행기를 날릴 거야
북한산에서

진실

그녀가 껍질 없이 그대로 드러나는 알맹이 같은 말을 했다
낙엽 떨어지는 소리로
"엄마 사라져 가요"
그녀의 말에서는 오징어 먹물로 물들인 소금빵같이 검고
짭조름한 맛이 났다

맞아 모든 게 사라져 가
그대로인 것은 없어
나는 할라페뇨같이 매콤한 말을 했다
마른빨래 목소리로

말의 타락

　　이제 그만 일어서야겠어 일어서는 일 그만이었는지 현재 상태에서 그만하고 일어서겠단 건지 말의 입자가 떠돈다 영혼같이 바람같이 말의 씨, 육신을 입으려는 말, 팔을 끼워 옷을 입으려는 말, 먹물에 담가져 무겁기만 한데 되려 높이 올라서는 말 내려 말의 비듬들이 떨어진다 벌레 꼬여 슬고 있는 말이 지나간다 음흉한 냄새 말의 살이 찐다 말의 뼈대만 남았다 말의 비늘이 반짝인다 말의 출산이 녹록지 않다

차연

덜 식어 반만 차갑고 서늘하게 붉으면서,
막 뜨겁기 시작하여 피어나는 불꽃 닮은 붉은색
체념으로 던져 놓고, 언약의 끈으로 당기는 장력

이른 아침과 이른 저녁 노을은
두 번의 시작이면서 두 번의 끝
밤의 끝과 아침의 시작이 낮의 끝과 저녁의 시작
끝이 끝나지 않은 유예된 시간
우연은
가만히 저쪽 너머를 주시해야만 무엇이라 결정 내릴 수
있는 필연
우린 아직이야

슨다

아침과 정오 사이, 햇살이 거미줄을 짜서는 하늘에 걸
어 놓았고,
그 사이로 바람이 넘나들었다
말없이 걷는 내게 바람이 말을 슬고 간 후 머릿속으로 붐
비는 말
'결정'이라는 말이 선택, 순간, 버려짐, 두려움, 후회, 만
일, 불안, 자유……
어찌나 다양한 말 낳아 놓는지 소란한 말 눕게 하느라 고
단하였다

슨다는 것, 그것은 지독한 에로스
제 몸 없어져 버려도 기어코 빨갛게 녹슬고 마는 못을
보면
못과 공기의 얽힘은 운명이다
진딧물 덕지덕지 달라붙어 제 목숨 말라 가도
먹고 먹히며 생을 이어 가야 하는 초록 식물의 운명

말이 슨다 너의 말 닮은
확신, 용기, 태양, 긍지, 편도 나무……

넌 언제 와

스칸디나비아반도 이명 앓는 바람이 다녀갔어
플라스틱 빨대가 코에 박혀 죽은 호주의 바다 거북이 눈물
을 갖고
캘리포니아는 대기의 강이 쏟아져 주택과 도로가 물에 잠겨
러시아에는 투명한 개구리들이 태어나

물고기들 방사능 오염수 먹고 죽어 갈 것이라는 예고에 온
바다가 떨어
산불은 몇 날 며칠 울진 집어삼키고도 곳곳에서 먹이를 찾아
제주도 꿀벌은 모조리 죽어 보이지 않고

꿀벌을 기억하고 있다고 손짓하는 난초의 목소리는 왔어
넌 언제 와
내가 바퀴벌레가 된 줄도 모르고

유리창에 부딪치는 새

통유리창 마주하고 앉아 더듬는 눈
희미한 시야 반경에 이름 하나 아른거리면
투명한 유리창으로 곧장 날아들다가 부딪치는
새들의 심정 알겠어

그곳과 이곳, 안과 밖 경계 없이 맑아서
그냥 내달리면 닿을 것 같아
수도 없이 머리 찧고 내동댕이쳐지는 새야
내가 오늘

보고픔이 청연한 날
푸르게 젖은 나뭇잎처럼 쉬지 않고
문 두드리듯 꿈에 머리 찧는 새야 나는

제5부

어떤 기다림

기웃거리는 마음 하나
초승달 눈으로
저만치 높이 솟아 있다
너랑 물들려고
앳된 솟대 얼굴로 전보같이 서둔 기다림 하나가

저 너머, 봄

별똥별의 잔해인가?

희고 분홍빛인 가루가 날아든다 저 너머 어디에서

지구 근처를 지나는 소행성에서 띄운 엽서인가?

혜성에서 떨어져 내리는 사연들인가?

남극에 쌓인 봄날의 기억이 되살아 나오는가?

못다 피고 져 버린 분홍 나비들인가?

마른 눈물방울들인가?

운석의 비듬인가?

사방에서 너의 인기척을 봄

일어서는 보리싹

그런 날 있었다

이름 없는
　　웃고 있는 것이 미안해지는

얼굴 없는
　　배부른 식사가 서글퍼지는

파랗게 눌린 보리 싹
　　만져지는 너 때문에 울컥해져 버리는

건성으로 고개 숙이는 꼿꼿한 거짓
　　짓밟힐수록 일어서는 무서운 진실

말들의 나라

말들이 와요
사방에 퍼져 있던 곰팡이 핀 먹구름
그 속에 있던 알갱이들이 말이 되어 달려와요
저마다 먹이를 물고서 웅성웅성
말이 못 된 말이라 잡스러운 소음을 내요
저기 지평선 쪽
하이에나가 되려다 만 말이
썩은 살점을 아가리에 물고 와요
제멋대로 지껄이는 새끼 염소가 말같이 뛰어와요
돼지 목에 진주를 단 말이 시궁창으로 자빠지네요
노루 새끼마냥 사방으로 겅중겅중대는 말도 있어요
하품하고 있는 눈먼 말도 보입니다
조심하세요
제멋대로 한다고 목에 줄을 매면
눈을 까뒤집고 덤비는 말도 있어요
길길이 날뛰면서 송곳니를 드러내는
망아지가 된 말도 있답니다
어디로 튈지 예측도 안 되는
말들의 나라로 말들이 와요
폴짝대는 전자들은

자기가 얼마만큼 껑충거려야 하는지 알고 있어요

광활한 진공의 에너지장,

빙글빙글 회전하는 입자도

그곳에서 얼마나 돌아야 하는지 알고 있고요

그래서 말들도 알 것이라고 기대하면 안 된답니다

더러는 자기가 뭔지도 모르는 어리바리한 말도 있어요 어디나 그렇듯이

여긴 각양각색 말들이 돌아와요

말같이 하고요 무턱대고

원자핵과 전자만큼의 거리, 텅 비어 있는 그곳

영글어 가느라 아픈 말만 주춤거려요

닭발 나무의 증언

우린 닭발 나무 전봇대 나무라고도 불러요
플라타너스의 얼굴이 공포에 질려 덜덜 떨며 말했다
내가 처음부터 이랬던 건 아닌데
장톱을 든 사람이 와서는
가지를 잘라 내고 쳐 내고 쳐 내고 또 쳐 냈어요
교통 표지판을 가린다나
사정없이 잘려 나갔어요
내 몸이 잘려 나가 아무리 비명을 질러도
듣질 못했죠
그는 그의 일을 했으므로

참나무가 퉁퉁 부은 눈으로 말했다
어제 기술자가 와서 친구들의 몸통을 잘랐는데
손에 든 전지가위는 괴물 같았고
번쩍번쩍한 간판을 가린 죄로 무참히 잘렸어요
기술자의 얼굴은 선해 보였고요

기침하는 은행나무 차례였다
도로를 달리는 차들이 내뿜는 시커먼 매연 때문에 천식
에 걸렸어도

있는 힘껏 잎사귀를 틔웠지만 헛일이었어요
드높아야 할 건물을 가려서는 안 되는 것이어서
머리가 잘리고 가지가 잘려 나가 흉측해졌어요

메타세쿼이아, 목련, 회화나무, 버즘나무, 벚나무, 느
티나무는
미세먼지 차단해 주고 오염 물질 줄여 주고 열섬현상 막
아 주고
게다가 이산화탄소를 흡수하는 일등 공신이라고 이구동
성으로 말했다
한쪽에서는 기후 위기에 대비한다고 나무 심으면서
한쪽에서는 나무를 죄다 잘라 버리는
세상에 이런 어처구니없는 일이 어딨냐고

싹. 둑. 싹. 둑.
느닷없이 날. 벼. 락. 떨. 어. 지. 던. 날. 에.

붉은 화살나무 잎의 노래

초록 색소 버릴 용기가 반 모자라
붉게 물들다 만 화살나무
마련* 없는 그 마음으로
겨울이 찾아든다 발자국도 없이

미처 배웅하지 못한 안녕
이름 없이 희미하게 묻힐 무렵은
피보다 더 시뻘건, 하늘보다 더 시퍼런
노기 서린 불꽃 일렁이기 시작하는 때

바람아 불어라
천지 천하 풀무 속으로
뜨겁고 찬란한 분노들이 커지도록

바람아 불어라
천지 천하 풀무 속으로
오래되고 냄새나는 것들 모조리 흩어지도록

바람아 불어라
모자란 용기 끌어모아

온통 붉은 함성 천지 천하 채우도록

* 마련: 헤아려서 갖춤, 어떤 일을 하기 위한 속셈이나 궁리.

바람이 분다

너는 바람같이 내게 분다
가르릉대는 고양이 숨소리였다가
중대백로 날갯짓하는 소리였다가
가창오리 떼 군무할 때 부르는 노랫소리로 분다

구름 속 양 떼들 몰아가는 바람
파국도 몰아간다
함성은 부풀다가 터지는 고무풍선
개구지게 머리칼 헝클던 바람 되바라지게 난바다 뒤집
고 도망친다

나그네새 불러오는 가을바람
탄산 거품 보글보글 솟아오르듯 활기차게 분다
펄럭거리며 씻기는 세상
불온한 웅덩이 고인 물로
종일 너라는 바람이 분다

너랑 하려고 2

기웃거리는 여기
넘겨다보는 저곳,
도무지 당도하지 않는 문장을 기다린다
산 그림자 깊게 드리운 들에 서서
반칙을 부추기는

형광색으로 가둬 놓고 되려 내가 가둬지는
늪인 문장
너울 문장
폭풍 문장
우주 미아 영혼 붙드는 손 문장

읽고 읽고 또 읽고
마음을 포개 따라 쓰다 입술을 포개는 문장
써 놓고 다시금 눈으로 만져 보게 되는 문장
두드려 보고 살짝 깨물어 보는 문장
네 살인가 해서
꿈인가 해서
문장으로 오는 당신
당신은 바람을 동반한 비여서 권태를 사방에서 흔들어

씻긴다

　중간에 서서 앞날의 시간과 걸어온 시간을 보듯 앞과 뒤
번갈아 보게 되는 문장
　문장의 무릎에 올라앉아 가차이서 오른쪽 왼쪽 눈 속 번
갈아 나를 찾는 문장
　고동치는 소리에 다시금 뜨겁게 물드는 문장
　내 안에 들여 몸속을 함께 흐르는 문장
　그래야 낫는

　온통 내가 켜지는 반딧불이 문장
　몸에 붙어 어디든 함께 가는 문장
　함께 먹고 자고
　함께 눕고 일어나고 싶은 문장
　네 숨으로
　누추와 비루 빨아내고
　마녀의 피 넣어 주는 문장
　겁 없이 우뚝 서게 하는 문장
　일상이 환희인 문장

\>

나, 이런 널 기다려 무저갱의 들에서
죽음조차 무심한
아무렇지 않은 일상 뒤엎는 일
너랑 하려고
내게로 와서 문장이 되어 줘

죽어 버린

숨소리가 들리지 않는 사람이 있다

아무렇지 않은 사람이어서
가슴에 귀를 대어 숨소리가 들리는지 청진기를 갖다 대
야 하는
밋밋하게 뭉개져 색채도 형체도 알아볼 수 없는
더듬다 더듬다 이내 싫증나고 말아 밀쳐 내 버리는
혀끝에 닿아 아무런 맛도 냄새도 없어 시들해지는
가을볕에 혼자 볼품없이 고부라져 바스럭거리는
사랑이 끝나 가는 날의 당신에게서도 보았던 죽어 버린
마침내 미련 없이 이별을 고하는 사람

침묵의 아우라

그날, 나는 침묵하고 있는 당신을 봤어

부정의 침묵 무시의 침묵 외면의 침묵 소외의 침묵 의심
의 침묵
먼지보다 가벼우면서 썩은 고기 같은 침묵들
침묵의 갈라진 틈으로 지상의 침묵이 비집고 나온다

묵인하는 침묵 비천한 침묵 살인의 침묵 비열한 침묵 더
러운 침묵 무관심의 침묵
독 묻힌 화살이면서 악의 평범성 같은 침묵들

분노의 침묵 노여움의 침묵 반항의 침묵 저항의 침묵
고함 같은 침묵 바늘 같은 침묵 반성의 침묵
골수를 쪼개는 시퍼런 것이면서 태산보다 무거운 말 하
는 침묵

너울

발 없이 서성이는 것들은
안개꽃 숨결 같아서
마음만이 그 기척을 듣곤 하지

걸어지기를 반복하는 밤의 마당은
저마다 별이 된 기억들의 우주
드문드문 반짝이는 물방울

당신은
빗방울이 살짝만 닿아도
비집고 나오는 흙의 향기
너울같이 잠을 삼키곤 하지

내게로 와서 영영 죽지 마

（　）에게

먼저 가 있을게

네가 머쓱해하는 표정보다
네가 미안해하는 마음보다
네가 슬퍼지는 순간보다

어디든 먼저 가 있을게

가차 없이 밀려오는 후회 전에
도저한 아픔이 너를 삼키기 전에
부당한 거리에서 혼자 되기 전에

네가 건너야 할 위태한 빙판 위에
모래로 서 있을게
널 할퀴는 짐승은 가만두지 않을거야
갈갈이 찢어 버릴 거야
나는 네 편이니까

해방의 징조

두. 근. 두. 근. 두. 근.

볼레로가 시작된다

나른한 부드러움이 목신을 깨우는 오후
물의 요정들에게서 새소리가 난다
이집트의 부조들이 되살아 나와 춤을 추고
관능이 뿜어져 나오는 니진스키 몸짓

스트라빈스키의 봄의 제전같이 폭발하고
증폭되어 번지는 볼레로
휘몰아치는 마티스의 원무
태극으로 모여드는 불기둥
다시금 흩어지는 허공

두. 근. 두. 근. 두. 근.

위안의 시학 혹은 사랑의 재발견

전해수(문학평론가)

    2021년 가을,『문학저널』신인상으로 등단한 백우인 시인은 독특한 이력의, 준비된, 시인이라 할 수 있다. 등단 직후 단 하나의 계절을 지나 빠르게 내놓은 첫 시집『쉼 없이 네가 희망이면 좋겠습니다』(2022. 1)는 이를 증명하기에 충분하다. 또한, 백우인 시인은 자연과학과 종교철학을 전공했으며 시 창작뿐만 아니라 유튜브 채널을 통해《백우인의 꿀책 TV》진행자로도 활약하고 있다. 등단 후에 시집 외에도『비가 내리는 날에는 여유가 되고 싶습니다』(2022. 4),『우리의 존재방식』(2022. 6) 등 두 권의 에세이집을 연달아 발간한 바도 있다. 이 가운데에『우리의 존재방식』은 이번에 내놓은 백우인 시인의 두 번째 시집『너랑 하려고』와 함께 읽히

기를 소망한다.

> 사랑을 말할 때, 우리의 말은 흔들리고 비틀거리고 현기
> 증이 난다. 사랑은 도무지 생각을 할 수 없게 만들고서는
> 새롭게 다시 생각하게 만든다. 사랑에 빠진 이는 그대를 호
> 명할 수가 없다. 분류될 수 없는 그대, 그대는 언어의 초점
> 을 흔들리게 한다. 어느 누구도 사랑하는 대상인 그대에 대
> 해서 말할 수 없고 그대에 관해 말할 수 없다. 사랑에 관한
> 한 언어는 텅 빈다.
>
> ─백우인, 『우리의 존재방식』, 156쪽

에세이를 통해 사랑이 우리의 존재 방식이라 말한 바 있는 백우인 시인은 이번 시집 『너랑 하려고』에서 사랑의 본질과 이유들을 끊임없이 들여다본다. 시인의 사랑에 대한 미학적 사유가 깊이 개입되어 있다는 점에서 에세이집 『우리의 존재방식』은 이번 시집의 배후로써 충분한 기능을 하고 있는 듯하다. 아마도 물리학과 철학과 신학을 좇아 온 백우인 시인이 문학(시)을 통해 구체적으로 꽃 피우려한 것은 '사랑학'이 아닐까 싶다. 나를 제외한 익명의 대상인 '당신'에 대한 깊은 마음인 '사랑'이여……. 그런 의미에서 이번 시집은 백우인의 '사랑의 물리학', 혹은 '사랑의 신학' 그리고 이를 통해 마침내 시인이 규명하려한 '우주적 사랑'으로서의 '당신'의 재발견이라 할 수 있을 것이다.

뒤늦게 오는 사람이 되지 않았으면 좋겠다 나는

소낙비 쏟아지는 거리에서 다 젖은 후에

수건을 내미는 손이 아니라

홀로 외로움을 견디고 난 후에

안아 주는 가슴이 아니라

지금 네 앞에

마침 그때에 오는 사람이었으면 좋겠다

되돌아갈 수 있는 사람이면 좋겠다 내가

울고 있는 네 앞에서

등을 토닥이며

슬픔을 닦아 주지 않고

울게 할 그 시간 앞으로 달려가

오지 못하도록 막아서고 싶다

너 홀로 슬픔에 놓아 둘 수가 없어서

내가 줄어들어 간다 해도

네가 알아볼 수 없는 얼굴이 된다 해도

웃음 짓는 네 앞에서 안도하고 싶다

희미해진 채로 나는

─「나비의 어떤 위반」 전문

이번 시집의 서시序詩에 해당하는 시는 제2부의 첫 시로

113

안착한 「나비의 어떤 위반」으로 여겨진다. 앞서 '어린 왕자'가 품은 행성을 유심히 바라다본 시인은(「비가 내리는 날에는 여우가 되고 싶습니다」에는 여우와 어린 왕자를 중심으로 기록된 내면의 사유를 충실히 드러낸 바 있다) "나비"의 생리生理를 기억하며, 사랑의 대상이 다가오고 떠나는 일련의 과정을 「나비의 어떤 위반」에서 조망한다. 그것은 '뒤늦게 오지 않는 일'과 '다시 되돌아가는 일'로 환기되는데, 백우인 시인은 현실에서의 사랑이 "어떤 위반"의 결과물로 "슬픔" 이전에 당도하기를 염원하고 있다.

실상 "나비"는 같은 꽃에 두 번 내려앉지 않는다. 아마도 그럴 것이다. "나비"는 같은 꽃봉오리로 되돌아오는 일도 없다. 그렇게 보인다. 그러나 "울고 있는" 너에게, 그 울음이 쏟아지기 전인 시각으로 되돌아가, 슬픔이 올 수 없는 그때에, 네 앞에, 막 도착한 "나"이기를 바라는 마음이 시인이 갈망하는 '사랑'이란 점은 주목된다.

> 붙잡을 새도 없이 달려 나가는 마음,
> 시간의 시작부터 달려왔어
> 우윳빛으로 자욱하였을 때도, 나 달려가고 있었고
> 너무 멀어 네게 보이지 않았어도, 나 멈추지 않고 달려가고 있었고
> 맑아진 날, 세상이 밝아 못 알아볼까 봐 미세한 소음으로도 갔어

다정한 비밀 얘기 소곤거리는 거
너랑 하려고

찬란한 부서짐,
내 몸을 찢어야만 시간이 열리는 것이어서,
그래야만 너를 낳는 것이어서 우렁찬 신음은 황홀했어
산산이 부서지는 일이 너를 낳는 일이어서,
너를 낳는 일이 또 나를 살게 하는 일이어서,
죽어 가며 몸부림쳤어 너랑 살려고

내 숨인 너 낳아 놓고
눈 맞추며 도란거리는 거,
손잡고 걷는 거,
울고 웃는 거,
너랑 하려고

우린 서로가 서로를 붙잡아
서로를 서로 안에 말아 넣어야 하는 운명,
떠도는 먼지일 뿐이었어도
단단해져 가는 우리
세상 무엇도 끊을 수 없었지

어지럽게 돌던 행성 중에 생명 움트는 별 하나,

온 우주에 단 하나밖에 없는 네가 태어난 거야 그곳에서

달빛으로 먼지로 바람으로 얼마나 많은 시간을 기다리

고 기다렸는지,

네가 온 그날을 온몸으로 노래하려고 별들은 새로 왔어

대지 위의 꽃들은 온몸으로 하늘거리며 춤추려고 내려

온 별들이야

나는

140억 년의 거리,

100억 년의 거리,

1만 년의 거리,

천 년의 거리

어제만큼의 거리에서

3000K이 3K으로 식었대도

사방에서 네게 도달하는 우주배경복사로 있을 거야

너 혼자 두지 않으려고,

기척으로 있으려고

서로를 길들이는 거

너랑 하려고

—「너랑 하려고 1」 전문

표제작이자 시인이 향한 사랑의 기원이 선명하게 잘 드러나 있는 위 시는 사랑으로 인해 "너"라는 생명이 탄생하는 순간을 적시하면서도 사랑의 밑바탕이 온몸으로 "달려 나가는 마음"이자 이러한 "시간의 시작"점임을 간파한다. 본래 진정한 사랑의 완성은 "내 몸을 찢어야만" "열리는 것"이어서 "온 우주에 단 하나밖에 없는 네가 태어"나는 사랑의 시작을 마주해야만 한다. 그런 의미에서 사랑의 본질은 또 다른 나의 분신을 각인하는 일이기도 하다.

그러나 시인은 사랑이 일방통행이 아니라 "서로를 길들이는" 일임을 안다. "너랑 하려"는 것이 '나'만의 사랑이 아니라 '우리'의 사랑임은 위 시에서 강력한 메시지가 된다. 이는 사랑이 일상의 모든 것을 외면하지 않고 공유하는 것이라는 사랑의 방식을 표출하는 것이기도 하다. 시인에게 사랑은 생에서 종요로운 것이자 간절한 기도 같은 것이다.

그러므로 시인이 애절하게 원하고 매달리는 사랑은 생명의 탄생(사랑의 분신)과 함께 "너"와 할 수 있는 모든 것을 함께하려는 의지의 표출로서 드러난다. 이를 현실로 완성할 때, 위대한 사랑이 비로소 시작된다.

어느 날 문장의 첫말은 우빙雨氷이다

허여멀건 차가운 것이 살에서 떨어져 나와 세상에 닿는 순간,

사람이고 혹은 땅 위 사물들이고

죄다 더 차 흐르지 못하고 어는 비가 되는 첫말

등 시려 와 실오라기 걸친 한기도 들이지 않으려 단단히

문풍지 바르는 문장

더 더 세게 몸을 끌어안아 몸속의 냉기를 다 빼내야 할 문장

입 안에 넣고 오래도록 뒹굴린 후 삼켜야

숨 막히게 부드럽고 달콤한 맛이 혀에서 터져 나오는 첫말

카메룬 열기가 아니면 결코 시작될 수 없는 문장의 첫말

그날, 그 문장 첫말이 당신 첫인상

　　　　　　　　　　　　　　　　—「당신은 1」 전문

　백우인의 시에서 사랑의 원천은 (당연한 것이지만) 나를
제외한, '너'라는 대상으로부터 비롯된다. 위 시에서 "당신"
은 '첫 문장'으로 다가온다는 점에서 특이점이 있다.

　백우인 시인이 향한 사랑의 첫 문장은 위 시에서는 구체
적으로 "우빙"이다. "우빙"은 차가운 것이 "세상에 닿는 순
간" "비가 되는 첫말"과 같은 것이고, "한기도 들이지 않으
려"는 "문풍지"를 부르는 말이며, "몸속의 냉기"를 끌어안
는 문장이자 "입 안에 넣고 오래" 굴리다 삼키는 찬 것을 이
겨낸 첫사랑 같은 문장인 것인데, 바로 '사랑'을 시작하는
'첫' 인상이 그것이다. 위 시는 백우인의 글에 대한 인식도
함께 드러난다. 시인에게는 글이 "우빙" 같은 존재라는 의
미로도 읽힌다.

기웃거리는 여기
넘겨다보는 저곳,
도무지 당도하지 않는 문장을 기다린다
산 그림자 깊게 드리운 들에 서서
반칙을 부추기는

형광색으로 가둬 놓고 되려 내가 가둬지는
늪인 문장
너울 문장
폭풍 문장
우주 미아 영혼 붙드는 손 문장

읽고 읽고 또 읽고
마음을 포개 따라 쓰다 입술을 포개는 문장
써 놓고 다시금 눈으로 만져 보게 되는 문장
두드려 보고 살짝 깨물어 보는 문장
네 살인가 해서
꿈인가 해서
문장으로 오는 당신
당신은 바람을 동반한 비여서 권태를 사방에서 흔들어
씻긴다

중간에 서서 앞날의 시간과 걸어온 시간을 보듯 앞과 뒤
번갈아 보게 되는 문장
문장의 무릎에 올라앉아 가차이서 오른쪽 왼쪽 눈 속 번
갈아 나를 찾는 문장
고동치는 소리에 다시금 뜨겁게 물드는 문장
내 안에 들여 몸속을 함께 흐르는 문장
그래야 낫는

온통 내가 켜지는 반딧불이 문장
몸에 붙어 어디든 함께 가는 문장
함께 먹고 자고
함께 눕고 일어나고 싶은 문장
네 숨으로
누추와 비루 빨아내고
마녀의 피 넣어 주는 문장
겁 없이 우뚝 서게 하는 문장
일상이 환희인 문장

나, 이런 널 기다려 무저갱의 들에서
죽음조차 무심한
아무렇지 않은 일상 뒤엎는 일
너랑 하려고

120

내게로 와서 문장이 되어 줘

—「너랑 하려고 2」 전문

특히 "문장"에 대한 백우인 시인의 관심은 책을 늘 곁을 두고 사는 학자적 고민과 방향성을 담보하고 있다. 시인은 사회적 문제를 외면하지 않고 무엇이라도 해 보려는 의지를 "문장"이라는 단어로 펜 끝에 눌러쓴다. 책 속의 어떤 한 문장이 시인의 존재를 흔들고 세상의 목소리를 담아낸다면, 이 또한 시인이 꿈꾸는 '사랑'의 방식이 실현되는 것이기도 할 터이다.

위 시는 시인의 "문장"에 대한 인식을 통해 너(당신)를 향한 삶의 태도와 깊이를 함께 드러낸다. 상아탑에서 글로 세상을 배우는 한계는 사랑의 한계 즉 "문장"으로 작동한다. 시인에게는 "문장"이야말로 세상을 읽는 방향성이자 사랑을 구획하는 통로다. "아무렇지 않은 일상"을 "뒤엎는 일"은 예컨대 "문장"으로 사랑이 '실현'되는 백우인의 시의 '시작'이자 아울러 사랑을 실천하는 희망의 메시지인 것이다.

당신의 손을 못 본 지 여러 날 되었다

당신 손을 잡지 못한 지가
손과 손이 맞닿지 못한 지가
빈손이었어도 꽉 찼던

내 가슴 왼쪽 주먹만 한 세계

양철 지붕 위로 빗방울 떨어지는 소리

흔적 감춘 지 오래되었다

—「분실물」 전문

그런데 사랑을 잃는다는 것은 위 시에서 "손"을 잡지 못
한다는 의미로 사랑의 시작점이 재차 소환되고 있다. 백우
인에게 신체로서의 "손"은 사랑을 느끼게 하는 발원지다.
"손"으로부터 시작되는 사랑의 표현은 "손"을 잃음으로써
모든 것이 연기처럼 사라진다. "손과 손이 맞닿지 못한"다
는 깨달음은 모든 것을 잃었다는 '이별'의 감정을 인정하게
한다. "손"은 사랑의 기억을 모두 담고 있는 "흔적"으로 충
분한 것이다. 사랑으로 충만했던 기억의 저장고에서 "손"이
"분실물"로 인식된다는 것은 이별을 온몸으로 체감하는 일
에 다름 아니다.

숨소리가 들리지 않는 사람이 있다

아무렇지 않은 사람이어서

가슴에 귀를 대어 숨소리가 들리는지 청진기를 갖다 대

야 하는

밋밋하게 뭉개져 색채도 형체도 알아볼 수 없는

더듬다 더듬다 이내 싫증나고 말아 밀쳐 내 버리는

혀끝에 닿아 아무런 맛도 냄새도 없어 시들해지는

가을볕에 혼자 볼품없이 고부라져 바스럭거리는

사랑이 끝나 가는 날의 당신에게서도 보았던 죽어 버린

마침내 미련 없이 이별을 고하는 사람

—「죽어 버린」 전문

백우인 시인이 바라본 '잃어버린 사랑'은 결국 죽음 혹은 "죽어 버린" 것으로서 소멸되고 있다. 즉 사랑의 대상이 온전히 사라지는 것이 이별, 요컨대 "죽어 버린" 사랑의 실체다.

위 시는 "숨소리가 들리지 않는 사람"을 '사랑을 잃은 사람'으로 인식한다. "싫증나고 말아(서) 밀쳐 내 버리는" 사람이란 "아무런 맛도 냄새도 없"는 무형의 존재이자 "사랑이 끝나 가는 날의 당신"에게서 보았던 생명력이 소실된 "죽어 버린" 모습이었음을 상기한다. 시인에게 "마침내 미련 없이 이별을 고하는 사람"을 마주하는 일이란 죽음을 마주하는 일처럼 존재의 상실을 인식하는 일인 것이다.

그러나,

사랑의 대상인 타자는 화살이다

—백우인, 『우리의 존재방식』, 40쪽

앞서 에세이집에서 펼쳐 보인 사랑의 본질은 시로 태어난 사랑의 파편들(시집 『너랑 하려고』)에 의해 다시 경청된다. 시집을 통해 백우인이 주목한 사랑의 재발견이 그의 우주에서 떠돈다. "사랑의 대상인 타자(가) 화살"로 아프게 박힌다. 그 화살은 우리의 존재 방식이 '사랑'이라 말하며 도무지 빠지지 않을 태세다. 사랑이 우리가 존재하는 이유의 전부다. 너와 모든 것을 하고 싶은 사랑의 갈망이여! 너랑 하려고, 살려고, 사랑이 존재한다. 백우인의 이번 시집은 이러한 사랑 안에 온전히 머문다.